À mon épouse Laetitia

et mes enfants Louise-Lou, Johana et Félis

**Le scénario de cette bande dessinée est inspiré du chapitre "Une icône de Rublev" tiré du livre de Maria Winowska intitulé *Du sang sur les mains* édité en 1971.
L'histoire est reproduite avec l'aimable autorisation des éditions Saint Paul.**

ISBN : 979-10-306-0190-9

www.editions-beatitudes.fr
Achevé d'imprimer en Europe par Multiprint, Bulgarie en mars 2018

Jean EVESQUE

Le mystère de l'icône cachée

Vos péchés vous sont pardonnés,
parce que vous Me regardez.
Et en celui qui Me regarde, Je
peindrai Mon image.

SOUFANIEH (DAMAS, SYRIE)

EdB

LE MONDE ENTIER EST DEVANT TOI COMME UN RIEN SUR LA BALANCE, COMME LA GOUTTE DE ROSÉE MATINALE QUI DESCEND SUR LA TERRE ...
TU SAIS QUAND JE M'ASSOIS ET QUAND JE ME LÈVE, LONGTEMPS À L'AVANCE ...

TU SAIS CE QUE JE PENSE ...

TU ES
DEVANT
MOI
...
TU ES
DERRIÈRE
MOI
...

HOUOU
?
DITES DONC JEAN-CLAUDE VOUS NE MARCHEZ PAS VOUS GALOPEZ !
MARIA ! JE SUIS DÉSOLÉ MARIA MAIS JE NE VOUS AVAIS PAS VU.
ALORS JEAN-CLAUDE COMMENT AVEZ-VOUS TROUVÉ MOSCOU ?
BIEN JE NE SAIS QUOI VOUS DIRE ...
SACHEZ QUE TOUT LE MONDE EST IMPATIENT DE VOUS ENTENDRE !
BOF!
BOF!

JE PRÉFÈRE MONTER À PIED
JEAN-CLAUDE ÉTAIT L'ENFANT TERRIBLE DE NOTRE GROUPE ...
ESPRIT VIF PORTÉ À LA CONTESTATION ...
IL DÉCELAIT IMPITOYABLEMENT LE MOINDRE PARALOGISME ET TOUTE EXTRAPOLATION ...
IL RAMENAIT SES «OUAILLES» SUR LE DROIT CHEMIN DE LA PENSÉE LOGIQUE ...
SES CRITIQUES FAISAIENT MOUCHE MAIS N'ÉTAIENT GUÈRE CONSTRUCTIVES.

APRÈS AVOIR DÉMOLI SES ADVERSAIRES IL N'ARRIVAIT PAS À LEUR OPPOSER UN ENSEMBLE COHÉRENT ET ORGANIQUE DES IDÉES AU NOM DESQUELLES IL LES AVAIT POURFENDUS.
SES RÉFLEXIONS APPUYÉES SUR DES CROYANCES VAGUES DÉBOUCHAIENT SUR LE NIHILISME.
TOC TOC

IL Y AVAIT PARMI NOUS DES CROYANTS ET DES INCROYANTS, DISPOSÉS À TOUS LES RISQUES POUR ATTEINDRE L'ENDROIT DE CET ENVERS QUE NOUS PROPOSAIT LE MONDE.
MAIS DÈS SON ARRIVÉE NOUS EÛMES TOUS LE SENTIMENT QU'IL N'ÉTAIT PAS LE MÊME...
SON SILENCE, SON HÉSITATION EXCITÈRENT NOTRE CURIOSITÉ.

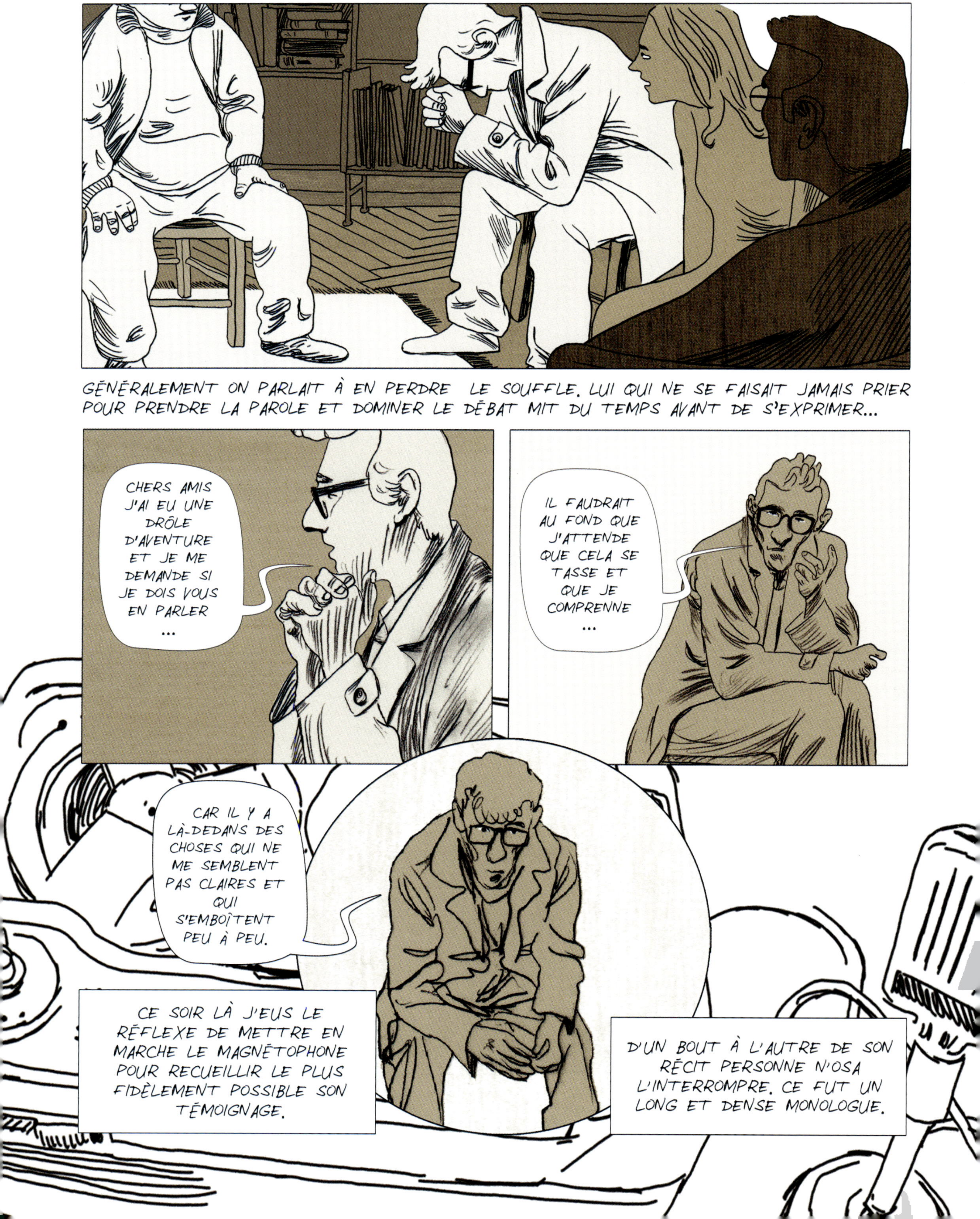
GÉNÉRALEMENT ON PARLAIT À EN PERDRE LE SOUFFLE. LUI QUI NE SE FAISAIT JAMAIS PRIER POUR PRENDRE LA PAROLE ET DOMINER LE DÉBAT MIT DU TEMPS AVANT DE S'EXPRIMER...
CHERS AMIS J'AI EU UNE DRÔLE D'AVENTURE ET JE ME DEMANDE SI JE DOIS VOUS EN PARLER ...
IL FAUDRAIT AU FOND QUE J'ATTENDE QUE CELA SE TASSE ET QUE JE COMPRENNE ...
CAR IL Y A LÀ-DEDANS DES CHOSES QUI NE ME SEMBLENT PAS CLAIRES ET QUI S'EMBOÎTENT PEU À PEU.
CE SOIR LÀ J'EUS LE RÉFLEXE DE METTRE EN MARCHE LE MAGNÉTOPHONE POUR RECUEILLIR LE PLUS FIDÈLEMENT POSSIBLE SON TÉMOIGNAGE.
D'UN BOUT À L'AUTRE DE SON RÉCIT PERSONNE N'OSA L'INTERROMPRE. CE FUT UN LONG ET DENSE MONOLOGUE.

OUI CE FUT UNE DRÔLE D'AVENTURE ET CELA COMMENÇA LE PLUS BANALEMENT DU MONDE.
J'ÉTAIS À MOSCOU POUR CE BREF SÉJOUR DANS LE CADRE DES ÉCHANGES CULTURELS ...
... ET ME RENDAIS À MON RENDEZ-VOUS DE NEUF HEURES AVEC UN PEU D'AVANCE POUR FLÂNER AUX ENVIRONS DE LA PLACE ROUGE.
C'EST ENCORE LOIN ?
NOUS SOMMES BIENTÔT ARRIVÉS CAMARADE.

ARRÊTEZ-VOUS DÈS QUE POSSIBLE...
MERCI
JE FERAI LE RESTE À PIED.
ET PAS BESOIN DE VENIR ME CHERCHER.
C'EST VOUS QUI VOYEZ CAMARADE.

BEN
BON
BEH
CHUIS PAS TROP À LA BOURRE.
JE REMARQUAIS AU COIN DE LA RUE UN HOMME PAUVREMENT VÊTU QUI ME REGARDAIT AVEC INSISTANCE...
APRÈS QUELQUES HÉSITATIONS L'INCONNU VINT DANS MA DIRECTION.

J'AI UNE ICÔNE À VENDRE, VOULEZ-VOUS L'ACHETER ?
HEIN ?
SI VOUS ÊTES INTÉRESSÉ SUIVEZ MOI SANS POSER DE QUESTIONS.
D'ACCORD
MAIS
HEY ?!
IRRÉSISTIBLEMENT J'EMBOITAIS LE PAS DE L'INCONNU...

DEPUIS LE TEMPS QUE J'ÉTAIS EN QUÊTE D'UNE VÉRITABLE ICÔNE... PAS UNE COPIE SANS PROFONDEUR...
CETTE PROPOSITION ÉTAIT POUR MOI UNE SACRÉE AUBAINE...
MAIS L'INTERDICTION DE VENDRE DES ICÔNES À DES ÉTRANGERS...
L'OBLIGEAIT À PRENDRE DES PRÉCAUTIONS.

JE COMPRENAIS DONC PARFAITEMENT SONJEU ET SES MANÈGES EN ZIGZAG ...
QUI M'AVAIENT CONDUIT À BOUT DE SOUFFLE AU MILIEU DE NULLE PART...
PFFF

PFFF
PAR ICI
LA BALADE EST TERMINÉE !?
NOUS Y SOMMES !
CONTENT DE LE SAVOIR !

VOUS NE DIREZ À PERSONNE QUE VOUS ÊTES VENU ?!!
COMMENT VOULEZ-VOUS QUE JE DISE QUELQUE CHOSE ?
JE NE CONNAIS MÊME PAS LE NOM DE LA RUE !
ENTREZ ! ENTREZ ! NE SOYEZ PAS SURPRIS. JE PARTAGE CET APPARTEMENT AVEC MA MÈRE ...

ANDROUCHKA ?
C'EST MOI MAMAN JE SUIS AVEC UN AMI.
JE M'APPELLE ANDREY ALEXANDROVITCH.
MON PÈRE S'APPELLAIT ALEXANDRE... ILS L'ONT TUÉ !
SOYEZ SANS CRAINTE !
JE NE VOUS DÉNONCERAI PAS !
VOYEZ-VOUS DES MOUCHARDS IL Y EN A PARTOUT ET LES ÉTRANGERS EN BAVARDANT PEUVENT FAIRE BEAUCOUP DE MAL.
NOUS N'AVONS PAS LE CHOIX ANDROUCHKA ! FAISONS LUI CONFIANCE !

ET L'ICÔNE CAMARADE ?
JE VAIS VOUS LA CHERCHER
C'EST L'ICÔNE DE NOTRE FAMILLE
NOUS L'AVONS GARDÉE ET ELLE NOUS GARDE DEPUIS QUATRE SIÈCLES.
!!
OH?

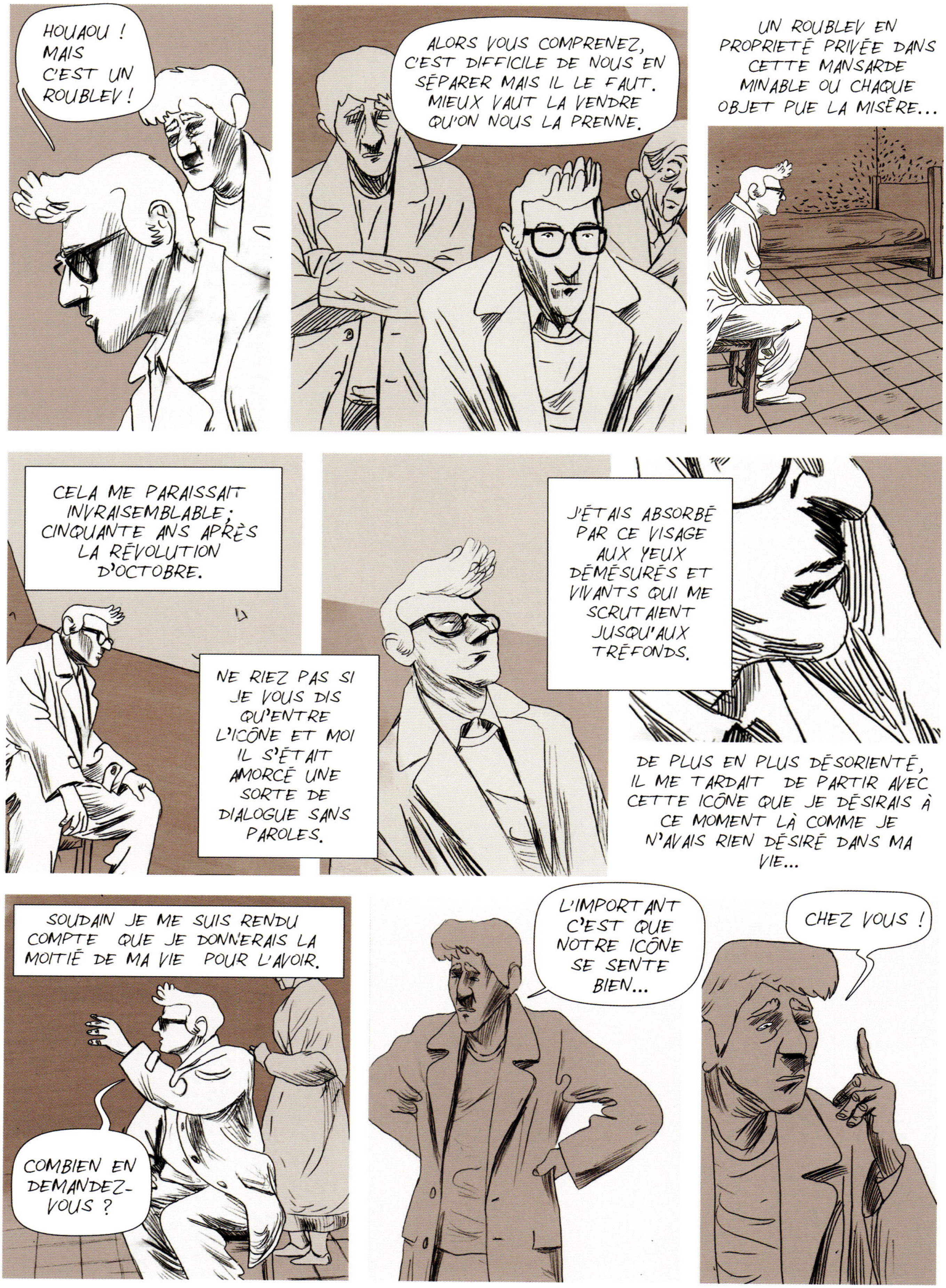
HOUAOU ! MAIS C'EST UN ROUBLEV !
ALORS VOUS COMPRENEZ, C'EST DIFFICILE DE NOUS EN SÉPARER MAIS IL LE FAUT. MIEUX VAUT LA VENDRE QU'ON NOUS LA PRENNE.
UN ROUBLEV EN PROPRIETÉ PRIVÉE DANS CETTE MANSARDE MINABLE OU CHAQUE OBJET PUE LA MISÈRE...
CELA ME PARAISSAIT INVRAISEMBLABLE: CINQUANTE ANS APRÈS LA RÉVOLUTION D'OCTOBRE.
NE RIEZ PAS SI JE VOUS DIS QU'ENTRE L'ICÔNE ET MOI IL S'ÉTAIT AMORCÉ UNE SORTE DE DIALOGUE SANS PAROLES.
J'ÉTAIS ABSORBÉ PAR CE VISAGE AUX YEUX DÉMESURÉS ET VIVANTS QUI ME SCRUTAIENT JUSQU'AUX TRÉFONDS.
DE PLUS EN PLUS DÉSORIENTÉ, IL ME TARDAIT DE PARTIR AVEC CETTE ICÔNE QUE JE DÉSIRAIS À CE MOMENT LÀ COMME JE N'AVAIS RIEN DÉSIRÉ DANS MA VIE...
SOUDAIN JE ME SUIS RENDU COMPTE QUE JE DONNERAIS LA MOITIÉ DE MA VIE POUR L'AVOIR.
COMBIEN EN DEMANDEZ-VOUS ?
L'IMPORTANT C'EST QUE NOTRE ICÔNE SE SENTE BIEN...
CHEZ VOUS !

L'ICÔNE SE SENTIRA-T-ELLE BIEN CHEZ MOI ?
ET DEVANT LE REGARD DOUX DU CHRIST DE L'ICÔNE, JE ME MIS À DÉTOURNER LES YEUX.
LE TEMPS QUE CELA A DURÉ ? JE N'EN SAIS RIEN, J'ÉTAIS HORS DU TEMPS ...
... UNE VAGUE INQUIÈTUDE S'EMPARAIT DE MON ESPRIT COMME SI CE MARCHÉ QUI SEMBLAIT FAIT POUVAIT TOURNER COURT. POURTANT JE N'OSAIS PAS BRUSQUER LES CHOSES ...
JE DÉCIDAI DE ME LAISSER FAIRE, C'ÉTAIT PEUT-ÊTRE UNE ILLUSION MAIS JE CRU NETTEMENT QUE MON ACQUIESCEMENT INTÉRIEUR SUPPRIMAIT UN BARAGE QUI BLOQUAIT NOTRE RENCONTRE.

TU SAIS ANDROUCHKA POUR QU'ELLE SOIT BIEN CHEZ LUI, IL FAUT LUI RACONTER SON HISTOIRE.
MAMAN ! CE SONT DES SECRETS DE FAMILLE ...
OUI, MAIS APRÈS TOUT CELA NE NOUS APPARTIENT PAS !
MAIS COMMENT FAIRE POUR QU'IL COMPRENNE ?
C'EST LE BON DIEU QUI LUI FERA COMPRENDRE !
POUR TOUT DIRE, JE ME SENTAIS DANS UNE AUTRE DIMENSION...
COMME SI J'ÉTAIS MORT, COMME SI JE VOYAIS, ENFIN NON PLUS L'ENVERS MAIS L'ENDROIT DES CHOSES...
MONSIEUR NE LUI EN VEUILLEZ PAS !
SI VOUS SAVIEZ CE QUE L'ICÔNE REPRÉSENTE POUR MON FILS ! ELLE LUI A SAUVÉ LA VIE...

UN ARRIÈRE-ARRIÈRE GRAND ONCLE QUI FUT MOINE TRAVAILLAIT COMME ASSISTANT DE ROUBLEV.

IL PORTAIT EN RELIGION LE NOM DE SERGUEÏ.

ROUBLEV L'AIMAIT BIEN CAR IL ÉTAIT TRANSPARENT. C'EST À DIRE QUE TOUT EN LUI ÉTAIT HUMILITÉ ET BONTÉ.

... MAIS UN JOUR SERGUEÏ SE TROMPA DANS LA PRÉPARATION DES COULEURS QUE ROUBLEV LUI AVAIT CONFIÉES POUR UNE ICÔNE.

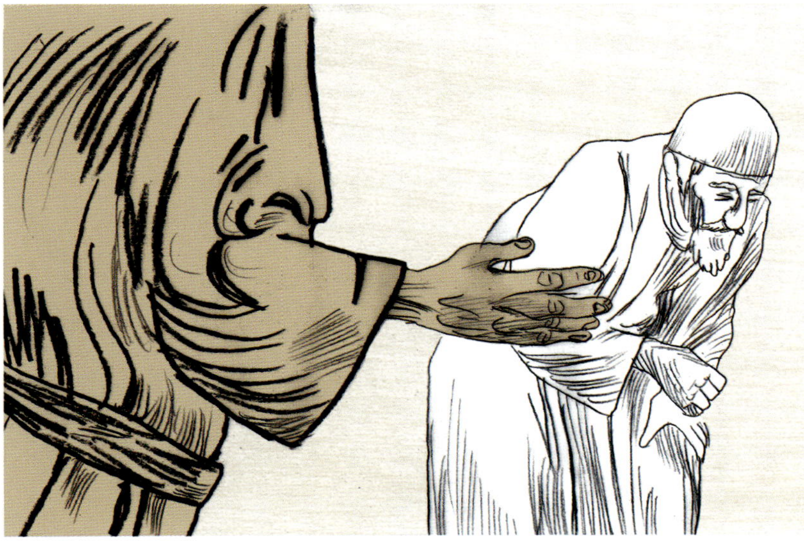

ROUBLEV SE FÂCHA À TEL POINT QU'IL NE PUT TERMINER SON TRAVAIL...

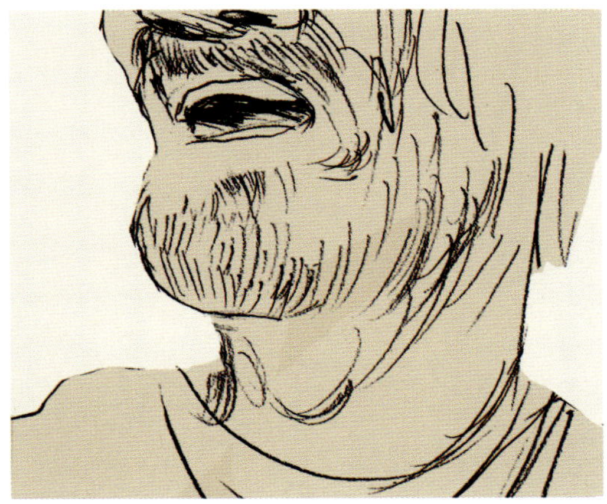

... CAR POUR PEINDRE UNE ICÔNE IL FAUT AVOIR L'ÂME CLAIRE ET LISSE.

PARDONNE-MOI FRÈRE ! TANT QUE TU NE M'AURAS PAS PARDONNÉ, JE NE REPRENDRAI PAS LE PINCEAU.
SERGUEÏ QUI LUI AVAIT DÉJÀ PARDONNÉ FONDIT EN LARMES ET SE MIT LUI AUSSI À GENOUX.
ROUBLEV PEIGNIT ALORS L'ICÔNE ET LA DONNA EN ESPRIT DE PÉNITENCE ET DE RÉPARATION À L'ONCLE SERGUEÏ.

PEU APRÈS LE MONASTÈRE FUT INVESTI PAR LES TARTARES.

L'ONCLE SERGUEÏ DUT FUIR ET IL EMPORTA COMME UN TRÉSOR SON ICÔNE.

IL ERRA LONGTEMPS, LONGTEMPS ...
... CHERCHANT À ATTEINDRE LA MAISON OÙ HABITAIT SON FRÈRE.

AARGH!
WORF
WORF
WORF

WORF
WORF
WORF

QUELQUES SEMAINES APRÈS IL MOURUT D'ÉPUISEMENT.

AVANT DE MOURIR IL DIT À SON FRÈRE : « JE TE LAISSE MON ICÔNE GARDE-LA ET ELLE TE GARDERA ».

C'EST AINSI QUE DEPUIS L'ICÔNE EST RESTÉE DANS NOTRE FAMILLE.

* DANS CHAQUE MAISON RUSSE IL Y AVAIT UN «COIN» AVEC L'ICÔNE FAMILIALE, ÉCLAIRÉE JOUR ET NUIT PAR DES CIERGES OU LAMPES À HUILE.

FAUT-IL VRAIMENT QUE JE DISE TOUT ?
OH OUI ANDROUCHKA CAR C'EST LA GLOIRE DU SAUVEUR ET NON PAS LA TIENNE !
SI VOUS NE CROYEZ PAS AUX FABLES C'EST MIEUX CAR TOUT CE QU'IL VA VOUS RACONTER S'EST RÉELLEMENT PASSÉ...
NE VOUS FÂCHEZ PAS MAIS CES TEMPS-CI IL N'EST PAS BON DE PARLER DES MIRACLES. ON VOUS PREND POUR UN FOU ET ON VOUS ENVOIE DANS UNE MAISON DE FOUS !

EN 1914 IL Y AVAIT 3 FILS DANS LA MAISON.
TOUS PARTIRENT AU FRONT MAIS UN SEUL REVINT ...

... IL AVAIT TOUT JUSTE 20 ANS, IL S'ÉTAIT ENRÔLÉ COMME VOLONTAIRE À 17 ANS ...
C'ÉTAIT MON PÈRE.

IL REVINT TOUT RETOURNÉ SANS FOI NI LOI
...
DES BLESSURES SUR TOUT LE CORPS.
DANS SON ESPRIT SEUL L'IDÉAL RÉVOLUTIONNAIRE POUVAIT MASQUER SON DÉSESPOIR.

IL NE RESTA PAS À LA MAISON. SON PÈRE EN EST MORT DE CHAGRIN.
LA RÉVOLUTION ÉTAIT DEVENUE SA RELIGION ET L'HUMANITÉ SON DIEU.

UNE FOIS À MOSCOU IL S'INSTALLA DANS UNE CHAMBRE PUIS IL
REPRIT CONTACT AVEC DES CAMARADES EUX AUSSI REVENUS VIVANTS DU FRONT.

GRÂCE À SES CONTACTS IL PUT RENTRER AU PARTI ...
OÙ IL MONTA VITE EN GRADE ...
ET SON ZÈLE RÉVOLUTIONNAIRE ÉTAIT TEL ...
QU'IL NE TARDA PAS À REJOINDRE LES RANGS DE LA TCHÉKA COMME CHEF DE DISTRICT.

C'EST ALORS QU'IL LIVRA AUX CROYANTS UNE GUERRE ACHARNÉE ET SANS RÉPIT.

CEUX QUI L'ONT CONNU DISAIENT QU'IL HAISSAIT DIEU ET LE RENDAIT RESPONSABLE DE TOUS LES MALHEURS SUR CETE TERRE.

LES ANNÉES PASSAIENT ET MON PÈRE ÉTAIT TOUJOURS CÉLIBATAIRE. IL DISAIT : « JE N'AI PAS BESOIN DE FEMME, J'AI ÉPOUSÉ LA RÉVOLUTION ! »
UN JOUR CEPENDANT IL RENCONTRA UNE JEUNE FILLE, MA MÈRE ! CE FUT LE COUP DE FOUDRE.

*MAISON DE CAMPAGNE

PROFITANT D'UN CONGÉ IL PRIT LE TRAIN AVEC SA FEMME POUR «ALLER VOIR».
IL N'Y ÉTAIT PAS RETOURNÉ DEPUIS LA FIN DE LA GUERRE.
GRAND-PÈRE ÉTAIT MORT ET REPOSAIT AU CIMETIÈRE DU VILLAGE. MAIS DE SA TOMBE MON PÈRE N'EN AVAIT CURE.

APRÈS LA MORT DE GRAND-PÈRE, LA MAISON FAMILIALE, SACCAGÉE PAR LES PILLARDS, ÉTAIT TOMBÉE EN RUINES.

CEPENDANT LES MURS SOLIDES TENAIENT BONS MÊME LE TOIT N'ÉTAIT PAS CREVASSÉ.

TOUS LES 2 AVEC MA MÈRE ILS PRIRENT LA DÉCISION DE RÉPARER LA MAISON POUR EN FAIRE UN «NID D'AMOUREUX».

DANS LA MAISON IL N'Y AVAIT RIEN, NI MEUBLES, NI USTENSILES DE MÉNAGE.

L'ICÔNE AUSSI AVAIT DISPARU. POUR MON PÈRE C'ÉTAIT LE CADET DE SES SOUCIS. S'EN SOUVENAIT-IL SEULEMENT ?

UNE FOIS LES GRAVATS DÉBLAYÉS, LA MAISON REDEVINT HABITABLE ET MES PARENTS S'Y INSTALLÈRENT.

AU MILIEU DE LEUR PREMIÈRE NUIT MA MÈRE FUT RÉVEILLÉE PAR UNE ÉTRANGE LUEUR DANS LA CHAMBRE TANDIS QUE MON PÈRE ÉREINTÉ PAR LES TRAVAUX DORMAIT PROFONDÉMENT.
REGARDE QU'EST-CE QUE C'EST ?

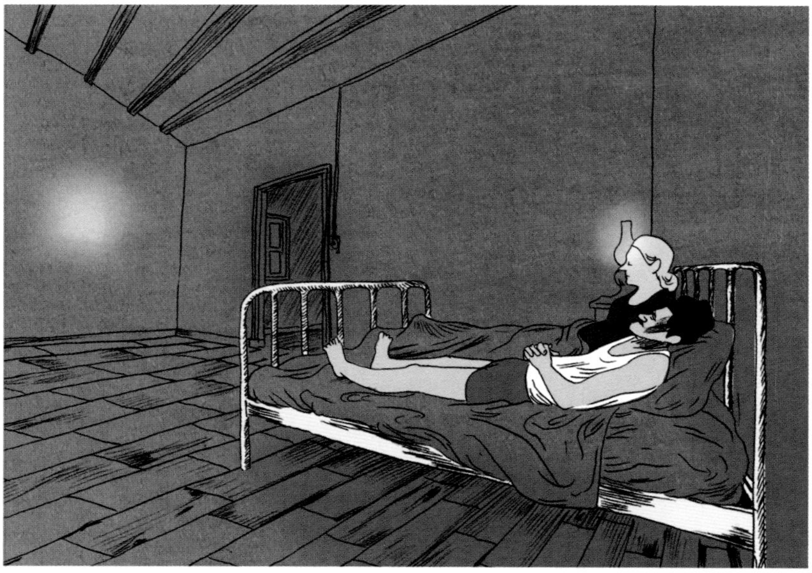

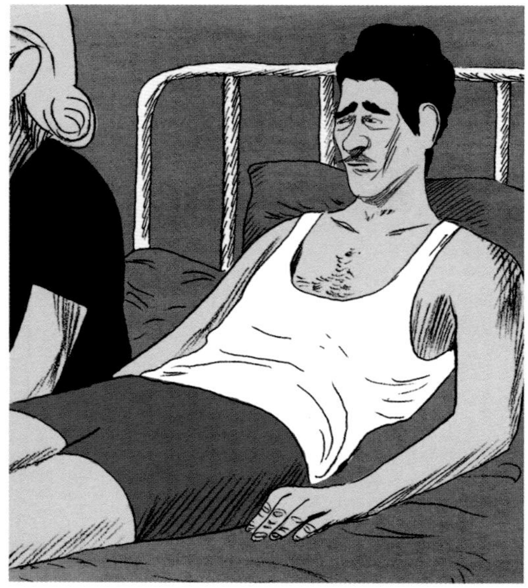

IL SONGEA UN INSTANT QUE C'ÉTAIT LA RÉVERBÉRATION D'UN MIROIR OU DE LA LUNE.

APRÈS AVOIR VÉRIFIÉ L'ÉPAISSEUR DU MUR, IL DUT SE RENDRE À L'ÉVIDENCE QUE LA LUMIÈRE NE VENAIT PAS DE L'EXTÉRIEUR MAIS DU FOND DU MUR.

IL CROYAIT QU'À CET ENDROIT-LÀ ON AVAIT MAL REPLÂTRÉ LA PAROI ET QUE C'ÉTAIT UN TROU.

CEPENDANT LA NUIT SUIVANTE LE PHÉNOMÈNE SE REPRODUISIT.

FOU DE RAGE IL PRIT DE VIEILLES PLANCHES POUR CACHER CE QU'IL VOYAIT MAIS NE POUVAIT COMPRENDRE

OR À TRAVERS CES PLANCHES, LA LUMIÈRE PASSAIT ET CETTE NUIT LÀ C'EST MA MÈRE QUI NE PUT PAS DORMIR.

JE NE ME RAPELLE PLUS COMBIEN DE TEMPS CELA SE RÉPÉTA ...
C'EST PAS POSSIBLE IL FAUT BIEN QU'IL Y AIT UNE EXPLICATION SCIENTIFIQUE !
TANT PIS POUR LE PLÂTRE, JE VERRAI CE QU'IL Y'A DERRIÈRE !
IL DUT FINALEMENT SE RÉSOUDRE À CASSER LE MUR.
C'EST UNE CACHETTE, JE TOUCHE, TOUTE DROITE, UNE CAISSE EN BOIS !

FAIS VITE ! JE MEURS DE CURIOSITÉ !
C'EST TON PÈRE QUI AVANT DE MOURIR A CACHÉ UN TRÉSOR !
SI C'EST UN TRÉSOR IL NE NOUS APPARTIENT PAS, MAIS APPARTIENT AU PEUPLE. JE VAIS CHERCHER LE COMMISSAIRE.
ALIOCHA, VOYONS CELA D'ABORD TOUS LES DEUX...
ET PUIS QU'EST-CE QUE TU DIRAS AU COMMISSAIRE ?
QUE TU AS VU UN CARRÉ DE LUMIÈRE LA NUIT ? ON SE MOQUERA DE TOI !

IL RETIRA DU MUR UNE CAISSE PLATE PRESQUE ENTIÈREMENT MOISIE ET EN MIETTES.

IL ME REGARDE, COMME IL ME REGARDE !
ET DANS CETTE CAISSE SE TROUVAIT L'ICÔNE INTACTE, LUMINEUSE...

MA MÈRE QUI NE SAVAIT RIEN DE L'ICÔNE ÉTAIT À LA FOIS ÉMERVEILÉE ET DÉÇUE CAR ELLE S'ATTENDAIT VRAIMENT À UN TRÉSOR.
GASPADY POMYLOUY ! SEIGNEUR AIE PITIÉ DE MOI !
GASPADY POMYLOUY ! SEIGNEUR AIE PITIÉ DE MOI !
ELLE NE COMPRENAIT PAS CE QUI VENAIT DE LUI ARRIVER ... GRAND FUT SONT ÉTONNEMENT LORSQUE SOUDAIN ELLE ENTENDIT UN BRUIT SEC; MON PÈRE ÉTAIT TOMBÉ À GENOUX DEVANT L'ICÔNE.

«JE ME SUIS RÉVEILLÉ HOMME NOUVEAU, DISAIT-IL. LE SEIGNEUR M'AVAIT RETOURNÉ ET TOUT CE QU'IL Y AVAIT AU-DEDANS DE MOI S'EN ALLAIT EN POUSSIÈRE. DANS CE VIDE LUI-MÊME S'ENGOUFFRAIT... »

AUJOURD'HUI ON L'ENVERRAIT DANS UN HÔPITAL PSYCHIATRIQUE MAIS SOUS LA TERREUR C'ÉTAIT LE GOULAG...

DU CAMP DE SOLOWSKI MON PÈRE A ÉCRIT À PLUSIEURS REPRISES QUELQUES LIGNES POUR DIRE À SA FAMILLE QU'IL ÉTAIT BIEN PORTANT ET QU'IL PENSAIT À NOUS.

UNE SEULE FOIS IL PUT DÉJOUER LA CENSURE POUR NOUS ÉCRIRE SUR UN VIEUX PAPIER TROUÉ CE QU'IL RESSENTAIT VRAIMENT AU FOND DE LUI.

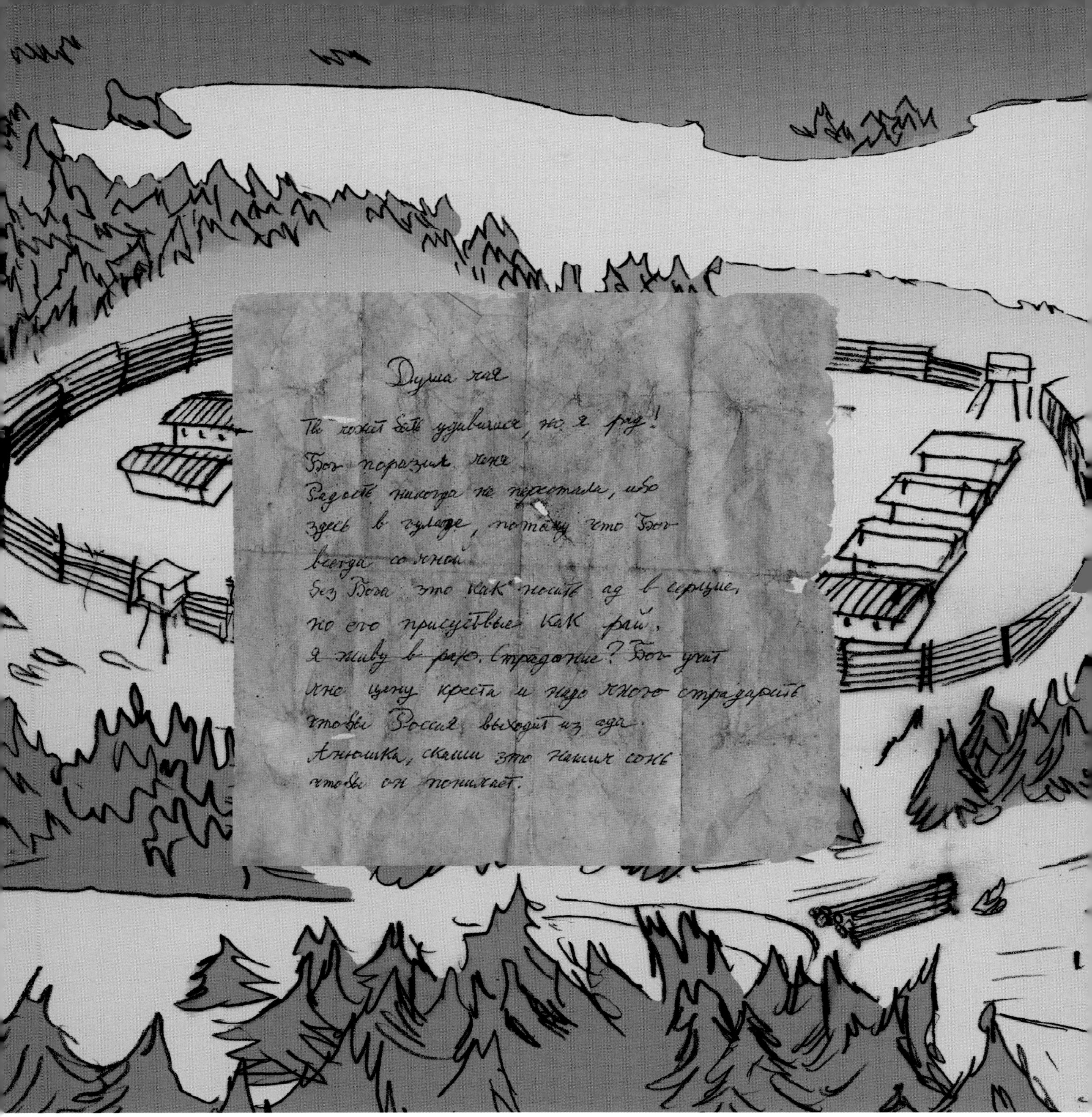

CELA VOUS ÉTONNERA PEUT-ÊTRE MAIS JE SUIS HEUREUX. DEPUIS QUE LE SEIGNEUR M'A SAISI JE N'AI JAMAIS CESSÉ D'ÊTRE HEUREUX, MÊME EN PRISON, MÊME ICI CAR MON SEIGNEUR EST TOUJOURS AVEC MOI. SON ABSENCE EST L'ENFER ET SA PRÉSENCE EST LE PARADIS. JE VIS DONC AU PARADIS.
ET LA SOUFFRANCE ? IL M'ENSEIGNE LE PRIX DE LA CROIX. IL FAUT UN ABÎME DE SOUFFRANCES POUR SORTIR LA RUSSIE DE L'ABÎME.
ANIOUCHKA, FAIS LE BIEN COMPRENDRE À NOTRE FILS QUE J'AIME DE LOIN ET BÉNIS.

UN BEAU JOUR NOUS REÇÛMES L'AVIS QU'ALEXANDRE NIKEFOROVITCH ÉTAIT MORT.
ELLE AURAIT PU EN VOULOIR À L'ICÔNE CAR TOUT CELA ÉTAIT ARRIVÉ PAR SA FAUTE, MAIS NON !
ELLE FUT ELLE AUSSI RETOURNÉE BIEN QUE PAS AUSSI SOUDAINEMENT QUE MON PÈRE.

MALGRÉ LA MORT DE MON PÈRE LA VIE CONTINUAIT. JE GRANDISSAIS AUX CÔTÉS DE MA MÈRE QUI FAISAIT DE MOI UN GARÇON HEUREUX. TOUT EN MOI CHANTAIT !

LES ENFANTS DU QUARTIER VENAIENT CHEZ NOUS ET MA MÈRE LES BAPTISAIT ...
LE SOIR ELLE LISAIT LES ÉVANGILES AUX FEMMES QUI VENAIENT LA VOIR ET APRÈS ELLES PRIAIENT ENSEMBLE DEVANT NOTRE ICÔNE ...
PLUS TARD NOUS AVONS QUITTÉ LA MAISON, VINT LA GUERRE, MA MÈRE FUT EMBAUCHÉE DANS UN KOLKHOSE. ELLE A DÛ TRAVAILLER COMME UN HOMME ET ELLE EN A PERDU LA SANTÉ ...
LES PERSÉCUTIONS DES CROYANTS RECOMMENCÈRENT. UN JOUR ON VINT FOUILLER LA MAISON ET ON ARRÊTA MAMAN. JE N'AVAIS QUE 11 ANS ...
LES DROUJNIKIS* SURPRIRENT LES FEMMES QUI PRIAIENT CHEZ NOUS. ILS EMPORTÈRENT LA BIBLE ET LES LIVRES DE PRIÈRES ...

JE FUS RECUEILLI PAR UNE VOISINE LE SOIR MÊME ... ELLE AVAIT PRIS SOIN DE CACHER L'ICÔNE CHEZ ELLE POUR ME LA RENDRE QUAND JE SERAI PLUS GRAND. ELLE ME RÉPÉTAIT SANS CESSE «ANDROUCHKA GARDE LA FOI ET DIEU TE GARDERA ! »

*LES SOLDATS

... MA MÈRE EST REVENUE APRÈS AVOIR PURGÉ SA PEINE, ELLE S'EST INSTALLÉE AVEC MOI CLANDESTINEMENT À MOSCOU.
DEPUIS JE PRIE POUR QU'ELLE GUÉRISSE ET QUAND LE JOUR JE QUITTE LA CHAMBRE ELLE N'EST PAS SEULE MAIS SOUS LA PROTECTION DE L'ICÔNE.
NOUS N'AVONS QUE CETTE ICÔNE. D'UN MOMENT À L'AUTRE LA POLICE PEUT VENIR ET PRENDRE TOUT CE QUE NOUS AVONS. MIEUX VAUT DONC LA VENDRE ALORS !
QUE FERIEZ-VOUS À MA PLACE ? ON M'A PROMIS DE RÉGULARISER LA SITUATION DE MA MÈRE POUR MILLE ROUBLES.
DIEU COMPRENDRA QUE JE NE PEUX ABANDONNER MA MÈRE.

VOICI L'ARGENT ! IL Y A PLUS DE TROIS MILLE ROUBLES !

VOUS OUBLIEZ L'ICÔNE ! ELLE EST À VOUS !
L'ICÔNE EST À VOUS MAINTENANT PAS À MOI !
POUR UNE FOIS QUE JE ME DÉCIDE À FAIRE QUELQUE CHOSE DE BIEN CETTE CANAILLE VEUT M'EN EMPÊCHER !

IL Y EUT UN MOMENT DE SILENCE QUE PERSONNE N'OSAIT INTERROMPRE. SOUDAIN NOTRE AMI ORTHODOXE PRIT LA PAROLE.

MUETS D'ÉMOTION PERSONNE N'OSAIT ROMPRE LE SILENCE SONORE QUI NOUS ENVELOPPAIT DE NOUVEAU COMME UNE NAPPE.
JEAN-CLAUDE SE TOURNA VERS MOI ET POSA SA MAIN SUR MON BRAS.
TU VOIS MARIA EN DE PAREILS CAS, IL N'Y A PLUS RIEN À DIRE.

PEU APRÈS LA VIE NOUS DISPERSA, MAIS C'EST À VOTRE INTENTION, JEAN-CLAUDE, MICHEL, ANDRÉ ET PHILIPPE QUE J'ÉVOQUE CETTE RENCONTRE SOIGNEUSEMENT CONSIGNÉE LE SOIR MÊME. OÙ QUE VOUS SOYEZ VOICI LE SIGNE QUI NOUS RELIE : L'ICÔNE DU VERBE INCARNÉ «IMAGE DU DIEU INVISIBLE» (COL 1, 15).